Piccola Biblioteca Oscar

Dello stesso autore

nella collezione Oscar

Gli arancini di Montalbano
Il colore del sole
Le inchieste del commissario Collura
Il medaglione
Un mese con Montalbano
La paura di Montalbano
La Pensione Eva
La prima indagine di Montalbano
Racconti di Montalbano
Racconti quotidiani
La scomparsa di Patò
Il tailleur grigio
Voi non sapete

nella collezione I Meridiani

Romanzi storici e civili
Storie di Montalbano

nella collezione Scrittori italiani e stranieri

Un sabato, con gli amici

nella collezione Varia di letteratura

Montalbano a viva voce (libro + 2 cd)

ANDREA CAMILLERI

GOCCE DI SICILIA

OSCAR MONDADORI

I edizione Piccola Biblioteca Oscar agosto 2009

ISBN 978-88-04-59078-1

Questo volume è stato stampato
presso Mondadori Printing S.p.A.
Stabilimento NSM - Cles (TN)
Stampato in Italia. Printed in Italy

Gocce di Sicilia

Vengono qui raccolti gli scritti originali di Andrea Camilleri comparsi sull'«Almanacco dell'Altana» negli anni 1995, 1996, 1997, 1998, 1999, 2000. Fra essi, *Piace il vino a San Calò* è una parte revisionata e rielaborata del romanzo *Il corso delle cose* (1978 e Sellerio 1998). Il racconto *Ipotesi sulla scomparsa di Antonio Patò* comparve poi in forma ridotta sul quotidiano «La Stampa» e, successivamente ampliato e integrato da nuove invenzioni, diede luogo al volume *La scomparsa di Patò* (Mondadori 2000). *Il cappello e la coppola* fa parte delle *Favole del tramonto* (Edizioni dell'Altana 2000).

1

Zù Cola, «pirsona pulita»

(La scena rappresenta l'interno del negozio di un orologiaio. Dietro il bancone un giovane magrissimo e occhialuto, di poco passata la ventina, legge un giornale. La porta del negozio si apre, entra un signore cinquantenne, ben vestito, non molto alto, dall'aria cordiale e dai modi pacati.)

Buongiorno. Non c'è il proprietario, il signor Falletta? Ah, è andato un momento in banca e allo storo ci bada lei. Allora, se mi permette, l'aspetto. (*Prende una sedia, la mette davanti il bancone, siede.*) No, non gli devo dire niente, era solo il piacere di vederlo tanticchia e parlare con un paesano. Mi presento, sono nominato u zù Cola. No, no, per carità, se ne ristasse assittato, non si alzi. Lei mi ha già arriconosciuto? Allora viene a dire che lei non è di qua, di Roma. È nella capitale per studiare? Triatro?! Mi sta dicendo che il triatro si studia? Mah, a mia mi veni naturale. Lei però deve essere delle parti mie, Girgenti. C'inzertai? Di Porto Empedocle, vero? Se io lo talìo bene, capace che riesco a capire a quale famiglia appartiene. No, muto, non mi metta sulla strata, si lasci solo taliàre. Badi pure allo storo intanto che io mi faccio concetto. Lo sa? Io, una faccia, dopo che l'ho veduta magari una sola volta, magari per un solo attimo, mi si stampa nella testa, non me la scordo più. Una notte, a Detroit, che ero ancora picciotto ed ero appena sbarcato negli Stati, in una strata scura, uno, che camminava sbannando a dritta e mancina per il carrico di whisky che aveva nella panza, mi sbatte contro. Tornato a casa, m'addugno che nella sacchetta non ci ho più il portafogli, e non può essere stato che quel finto 'mbriaco. Bene, passano venticinque anni, io intanto mi ero fatto largo, una posizione, e una domenica m'invitano a una gran mangiata tra amici a Broccolino. M'arricordo che c'erano Philip Ferrara che venne poi considerato indesiderabile, proprio lui che era invece desiderato da tutti, scialacore, amicone, omo sempre pronto allo sgherzo e alla risata, Steve Rosolino bonarma che lo ritrovarono nell'Hudson col cemento ai piedi e Dom Palazzolo, magari lui bonarma che gli spararono al ristorante di Fred Iacolino mentre si stava mangiando un quarto d'agniddruzzo al finocchietto selvaggio. Come? Lei non ha mai assaggiato l'agnello al finocchiello serbaggio? Ma se è cosa da fare risuscitare i morti! Dunque, si piglia un agnellino di latte... Ma questo glielo spiego un'altra volta. Che stavo dicendo? Ah, stavamo mangiando quando si apre la porta e trasi un tipo coi capelli ricci ricci e il baffo all'umberto.

«Questo» mi dice Philip «è un amico che ti vuole conoscere. È Tony Galante di Detroit.»

«Molto piacere, Tony» faccio io. «Ridammi il portafogli che mi hai fottuto venticinque anni fa.»

Che gliene pare? Era proprio lui. Fermo! Ora ci sono arrivato. Ha fatto un gesto preciso che è meglio di una carta d'indintirintà. Lei appartiene alla latata dei Gammilleri. Lei dev'essere il figlio di don Pippino Gammilleri. C'inzertai? Come sta suo patre? Ci godo e me ne consolo che sta bene, perché suo patre è galantomo, gran brava pirsona. Vuole farsi una risata? Le conto una cosa. Una matina all'arba vedo suo patre che se ne sta andando a caccia da solo, gran cacciatore suo patre, e gli volli fare uno sgherzo, una babbiata. M'appostai darrè un masso, magari io avevo la scopetta a due canne, e appena mi venne a tiro lo puntai.

«È venuta l'ora di scontare i tuoi peccati!» ci feci.

Suo patre isò le braccia in alto, si taliò torno torno, capì, da dove veniva la voce.

«E scontiamo» disse fresco come un quarto di pollo.

Io, tenendolo sotto punterìa, niscii da darrè il masso e mi avvicinai a lui.

«Raccomandati l'anima a Dio» feci.

E lui, invece di raccomandarsi l'anima, fece un sàvuto, mi pigliò l'arma per la canna e mi mozzicò sul collo. Sissignore, sul collo! Tanto forte che ancora, quando cangia tempo, sento dolore. Che le devo dire? Ci volle la mano di Dio per persuaderlo che stavo solo sgherzando. Se lo vede, me lo saluti. Perché io lo sa solo il Signore quando potrò tornare a Porto Empedocle. No, figlio mio, qui a Roma sono di passaggio, non ci sto a Roma. Io sono al soggiorno obbligato a Conegliano Veneto, dove dice che fanno il vino bono. E invece quel vino è pisciazza, se lo bevi ti viene da dare di stòmmaco. Fortuna vuole che a Conegliano c'è un maresciallo dei carrabineri che è delle parti nostre, un patre di famiglia che considera. Così, ogni tanto, chiude un occhio e mi lascia per due o tre jurnate venire a Roma a trovare gli amici, basta che non metto piede in Sicilia. E lo sai perché mi trovo in questi lacci? Per colpa di un grandissimo cornuto e poi perché io sono sempre pronto a farmi in otto per gli amici che addibisognano. Magari se dopo, misconoscenti, ti ringraziano a pidate. Mi sto addunando che ti ho parlato col tu, mi devi scusare, ma siamo paisani e io ho l'età di tuo patre, anno cchiù anno meno. Ti stavo dicendo? Ah, com'è che sono andato a catafottermi a Conegliano. Devi sapere che quello scassapagliaro del bandito Giuliano – che quando l'arrestano e l'ammazzano ci hanno perso tempo – è un sacco di merda, un analfabetico, un carnetta. L'anno passato questo quaquaraquà si mette in testa che deve sequestrare il figlio del direttore del Banco di Montelusa. E siccome si crede un padreterno, non si piglia manco la gana di fare questo sequestro, ma scrive un biglietto al patre, al direttore, dove gli dice che consideri suo figlio come sequestrato se non gli consegna subito dieci milioni. E per buona misura, sempre nel biglietto, ci scrive che il direttore può mandare suo figlio dove crede, in Australia o in Groenlandia, tanto lui al momento in cui lo vuole sequestrare lo sequestra perché è capace d'arritrovarlo magari in culo al diavolo. Il direttore del Banco si dispera, non sa dove sbattere, dieci milioni in casa sua non li ha mai visti, al Banco forse sì, quell'analfabetico di Giuliano sta scangiando il direttore, che è un sucainchiostro, un impiegato, col proprietario del Banco. Insomma, finisce che mette di mezzo qualche amico, qualcuno che aveva favorito in queste facenne di banca. Ora tu, figlio mio, lo sai come fa il proverbio? "Salta il trunzo e va in culo all'ortolano." Accussì fa. E infatti io me ne stavo carmo carmo al mio paese quando, amico appresso amico, l'ultimo della catena arriva a me e mi conta la storia.

«Ma io non l'acconoscio a Giuliano» dico.

E allora principiano a sdilluviare preghiere e

suppliche. Basta, te la faccio corta, ci metto di mezzo un amico il quale non so manco come si chiama, ma che non perde tempo. Va da questo pìrito gonfiato di Giuliano che tanto è facili facili trovarlo, ci vanno tutti, giornalisti, onorevoli, gente di legge.

«Talè, Giulià, u zù Cola ti manda a dire che il sequestro del figlio del direttore del Banco di Montelusa non è proprio cosa.»

Queste 'ntifiche parole, né una cchiù né una meno. Giuliano, che è uno che quando vuole capire capisce, mi fa allora sapere con l'amico che gli era andato a parlare che il signor direttore si scordasse della facenna, era stato un quìvoco, suo figlio non sarebbe stato toccato. E io questa risposta la faccio avere papale papale al direttore.

Passano una decina di giorni che io stavo in campagna a scotolare le olive e arriva uno.

«C'è che il direttore del Banco di Montelusa vorrebbe avere l'onore.»

Dopo qualche tempo, dato che ero dovuto andare a Montelusa per una causa, mi venne in mente di farci un salto, nel Banco. Il direttore, appena mi vede – di cognomo fa Mistretta – mi salta al collo, mi vasa e si mette a lacrimiare.

«Zù Cola» dice. «Vossia mi ha liberato da un incubo.»

«Quando posso fare il bene, lo faccio» arrispondo io.

Si cala, rapre un cascione dello scagno chiuso a chiave, tira fora un grosso pacco fatto di carta di giornale e legato con lo spago.

«Questo è per vossia.»

«Pi mia?»

«Sissi, per il disturbo.»

Strazzo un lato del pacco: dintra c'erano soldi, biglietta di cento a cento e cento. Mi pigliò una raggia che non ti so dire, mollo una manata al pacco, lo faccio cadere 'n terra. Lui addiventa giarno come un morto, gli manca il sciato, arrinesci a dire:

«Sbagliai, zù Cola?»

«E sissignore che sbagliò! Lei ha camminato dintra il seminato.»

«Si vossia voli, mi metto a ginocchiuna.»

«Non ce n'è di bisogno...»

«Che posso fare per dimostrare a vossia la mia ricconoscenza?» Pena mi fece. Mi vennero a mente due cose e gliele dissi.

«Guardi, dottore, che c'è un mio nipote, di nome fa Ciccino, che ha fatto tre volte il concorso al Banco e non l'hanno mai pigliato. È ragioniere. Se lei, dottor Mistretta, vuole metterci una buona parola... Un'altra cosa è se lei può parlare a quelli del Banco di Palermo se mi raprono uno sportello a Mèlisa, dove ci ho un pezzo di terra, così mi risparmiano di andare e tornare due volte la simana a Montelusa. Se è cosa fattibile...»

Devo dire che mantenne l'impegno, e per mio nipote e per lo sportello. A proposito, tu ci sei mai stato a Mèlisa? No?! Un paradiso! Quando questa storia sarà finita, t'aspetto. Porta magari a tuo patre. Ti faccio provare l'agniddruzzo col finocchiello serbaggio. Ma ti stavo contando come fu che mi mandarono a Conegliano. Questo Mistretta, senza intento maligno, parlò, disse a qualche amico che io m'ero messo in mezzo con Giuliano. Fatto sta che un jorno, mentre mi trovavo in campagna a Gallotta, puro là ci ho un pezzo di terra, io viddrano sono, omo di terra, s'apprisentano due sbirri che mi pigliano e mi portano alla questura di Montelusa. Appena trasii nel suo ufficio, il questore, senza manco dirmi né scu né passiddrà, manco se fossi stato un cani, mi dice:

«Venga avanti, signor...»

E si ferma, non va appresso, s'era scordato come mi chiamavo.

«Gentile» faccio io.

«Lei, signor Gentile» mi fa «mi deve semplicemente spiegare come ha fatto a dissuadere Giuliano dal sequestrare il figlio del dottor Mistretta.»

Io feci la faccia di chi è pigliato dai turchi.

«Sequestro? Giuliano? Io niente saccio, non lo conosco Giuliano.»

«Non faccia il tragediatore con me. Lei mi deve dire come ha avuto questo potere.»

«Ma che potere e potere, signor questore! Al massimo, ma proprio al massimo, avrò detta mezza parola...»

«Bene, mi dica a chi l'ha detta questa mezza parola, signor... signor...» S'era ancora scordato come mi chiamavo.

«Gentile» faccio, armato di santa pacienza.

«E guardi che se lei questo nome non lo fa, so io quali provvedimenti prendere, signor...»

E tre. Aveva la memoria corta, il signor questore. Gli volli dare una mano d'aiuto.

«Guardi, signor questore, che se il mio cognome le viene difficile a ricordarselo, mi chiami zù Cola, coma fanno tutti.»

Diventò rosso che mi pigliò scanto che gli veniva il sintòmo, si isò addritta, si mise a fare voci.

«Come si permette?! Io, chiamare zio a lei?!»

«Perché, zio che è, parola d'offisa?»

«Io la mando al confino! Mi gioco la carriera, ma lei se ne va dritto e filato al confino!»

E infatti mi mandò all'isola. Ma lo sapeva, il cornuto, che con questo passo la carriera se la giocava. E difatti lo trasferirono a Bologna dove ora se la vede coi comunisti che non gli fanno pigliare sonno la notte. All'isola ci sono stato sei mesi. E là sarei arrimasto se non era per quel sant'uomo del Cardinale. Omo di Dio, ma magari omo che capisce le cose della terra. Il Cardinale, che mi conosce, e sa che pirsona pulita sono e tutto il bene che ho sempri seminato, si mise a fare le umane e divine cose per fare finire la 'ngiustizia. Parlò a chi doveva parlare, disse a tutti l'animo che ho, e quelli ci ebbero fiducia. Il domicilio coatto non arriniscì a farmelo levare, però mi fece nèsciri dall'isola e trasferire a Conegliano. E questo è quanto. Vedo che il mio amico Falletta tarda e io ho un appuntamento con l'onorevole Cosentino che non posso mancare. Lo conosci tu a Cosentino? Pirsona con un cuore granni come una casa, sempre a disposizione di chi merita. Beh, me ne vado, figlio mio. (*Si alza.*) Studia, perché lo studio è la prima cosa. E fai sempre onore a tuo patre. Salutami a Falletta e digli che uno di questi giorni torno a trovarlo. Ah, mi scordavo il meglio: digli, che lui capisce, che per quella facenna del palazzo abusivo, tutto tranquillo, tutto aggiustato. L'onorevole Rizzopinna ha saputo arrisòrbire ogni cosa. (*Esce.*)

NOTA. *Questo è un falso monologo. Si usa dire, in teatro, che un monologo è falso quando chi parla non si rivolge a se stesso, ma ad un interlocutore che non risponde o le cui risposte non vengano riferite. A parte questo dettaglio tecnico, il monologo, il suo contenuto, è verissimo. Tant'è che ritengo abusiva la mia firma in calce. Queste parole mi furono dette a Roma un pomeriggio (allora le banche aprivano anche al pomeriggio) del gennaio 1950 dal noto boss dell'Agrigentino Nicola "Nick" Gentile e io, tornato la sera a casa, me le appuntai. Zù Cola era affascinante, parlava di quello che riteneva innocuo parlare con intelligente ironia: il giornalista Felice Chilanti l'intervistò lungamente sui suoi anni "americani" e insieme ne fecero un libro intitolato* Vita di gangster. *Era tornato clandestinamente in Italia, nell'aprile del '43, per preparare lo sbarco alleato in Sicilia. A proposito del bandito Giuliano, voglio ricordare che venne ucciso nel luglio dello stesso 1950. Una ventina d'anni dopo l'incontro, ripresi in mano gli appunti e li trascrissi in forma leggibile, cambiando nomi di persone e località. Li ho messi a dormire per venticinque anni in un cassetto. A rileggerli, sembra che Gentile sia un personaggio da museo e certamente lo è, considerata l'accelerazione della mafia verso una violenza cieca e indiscriminata. In un incontro successivo, Gentile mi disse: «Se tu vuoi che una persona faccia una cosa che non vuole fare, lo devi persuadere con pazienza, gli devi dimostrare che è meglio per tutti se lui fa quello che vuoi tu, se invece perdi la pazienza e l'ammazzi, lui muore, è vero, ma la battaglia la perdi magari tu perché non sei stato capace. Ad ammazzare tutti sono buoni». Logica distorta e criminale, certo. Ma lontanissima dall'idea stessa di strage. Se mi decido a pubblicarlo questo monologo è per ricordare che in realtà le radici dell'intreccio che sta faticosamente venendo alla luce già allora erano salde.*

A.C.

«E guardi che se lei questo nome non lo fa, so io quali provvedimenti prendere...» (pagina 17)

2
«Chi è che trasì nello studio?»

Da picciliddro ebbi la fortuna, che capii appresso, d'avere uno zio magico, "u zz'Arfredu", fratello di mia nonna. Era un omone di un metro e novanta, dalla larga faccia badiale sempre sorridente, gli occhi guizzanti d'umori e d'intelligenza. Sconciato da una poliomielite infantile, camminava senza bastone, con una smisurata torsione del corpo ad ogni passo. Ufficialmente, la sua professione era quella di medico-chirurgo, ed era reputato una specie di santo, in primis perché non si faceva pagare dai poveri del mio paese che conosceva per nome e in secundis perché nel suo gabinetto medico, dotato delle più moderne attrezzature, che si faceva mandare persino da Nuovaiorca, riusciva a combinare dei veri e propri miracoli, facendo risuscitare gente cui era stato già somministrato l'olio santo.

Ufficialmente ho detto, perché ufficiosamente u zz'Arfredu era tante cose come, solo per dirne alcune, praticante yoga (mi riferisco agli anni Trenta), spiritista, lettore d'infiniti volumi, inventore di santi e, appunto, uomo magico. Tra i santi da lui creati io mi ricordo san Callìpedo (che sgominava i calli e la cui festa cadeva l'ultimo giorno di febbraio), san Culàrio (festeggiato il 15 di marzo, che aveva competenza sulle emorroidi) e soprattutto san Filàno, procacciatore di mariti alle giovani nubili. La festa di san Filàno cadeva la seconda domenica di maggio, ma era preceduta dalla vigilia (il sabato) e dall'antivigilia (il venerdì).

* * *

Il culto di san Filàno era rigorosamente vietato agli òmini: veniva praticato da ragazze da marito che ancora non avevano lo zito, il fidanzato. I riti – protetti dal più stretto segreto – erano officiati dal Gran Sacerdote, u zz'Arfredu, che era macari il proprietario dell'enorme villa nella quale si svolgevano i tre giorni del ritiro. Le seguaci, il cui numero variava di anno in anno dato che per intercessione del santo miracoloso alcune avevano trovato il fidanzato, al canto dell'inno:

O santissimu Filànu
grannissimu ruffianu,
tròvami un partitu,
dùnami un maritu

sottoponevano al santo i loro pregi e le loro virtù.

Per carità, non si faccia equivoco: non si trattava di sfilare in costume da bagno, ma di dimostrare quanto si era brave nell'arte culinaria, nel canto, nella conversazione, nel ballo, nel saper suonare il pianoforte.

Tutto quello che le giovani fedeli facevano veniva offerto al santo tramite il Gran Sacerdote il quale delibava, assaggiava, gustava, giudicava, unico uomo tra tutte quelle fimmine. Il Gran Sacerdote aveva però un suo rito segreto che si svolgeva verso le sei del mattino, ora in cui s'alzava dal letto. La villa di u zz'Arfredu sorgeva su una collina a un centinaio di metri dal mare, sotto c'erano una strada bianca e la spiaggia. Ebbene, una volta zz'Arfredu aveva fatto costruire un corridoio in legno e vetro su palafitte che si partiva da una portafinestra della sua càmmara da letto e, scavalcando strada e spiaggia, si addentrava nel mare per una trentina di metri. Il corridoio terminava in una specie di stanzetta nella quale erano allocati la tazza del cesso, il porta pipe (ne cambiava tre al giorno) e il lavabo. Dentro quella stanzetta, parlando magari coi pescatori che gli passavano sotto, il Gran Sacerdote svolgeva le sue funzioni mattutine. Manco Frank Lloyd Wright avrebbe potuto concepire un progetto tanto ardimentoso. Ma u zz'Arfredu ardimentoso lo era per davvero: la prima centrale elettrica della provincia l'aveva fatta fabbricare lui e macari il primo cinematografo.

* * *

Verso la seconda metà di giugno faceva costruire la "gabbina" per i bagni in un punto della spiaggia deserta che di volta in volta sceglieva. La cabina era in realtà una casa in tavole di legno dotata di quattro camere da letto, cucina, ritirata e terrazza. Volendo, non solo ci si mangiava, ma ci si poteva trasferire armi e bagagli per la stagione estiva.

Un giorno, mentre camminava contorcendosi sulla spiaggia, incontrò una ventina di picciliddri, màscoli e fìmmini, tutti vestiti di nero, guidati da una suora.

«Chi sono?» spiò u zz'Arfredu.

«Sono orfanelli» rispose la suora «li porto per un giorno a fare il bagno a mare.»

«Tornate fra tre giorni» disse u zz'Arfredu.

E in tre giorni fece costruire una vera colonia marina dove, a sue spese, gli orfanelli potevano soggiornare per un mese.

In mare, finiva d'essere omo e diventava un delfino. E aveva insegnato macari a so' mogliere, "mamma 'Ntina", a essere un pesce. Partivano affiancati con larghe bracciate, poi u zz'Arfredu si tuffava e riempiva il suo cappello impermeabile di vongole. Seduti in mare (proprio così, *seduti* e io ci passavo sotto), l'uno a fianco dell'altra, si mangiavano le vongole o i ricci di mare.

A settembre invece non c'erano feste o ritiri perché u zz'Arfredu si dedicava a curare se stesso, anima e corpo. L'anima la purificava stando per ore in meditazione nella classica posizione yoga (che oggi tutti sanno cos'è, ma allora era una cosa straordinaria); per il corpo ricorreva a certi rimedi naturali, fatti perlopiù d'erbe e radici che bolliva o infornava. Uno ne ricordo. Per farsi passare dei disturbi alle giunture, si stendeva, coperto da un perizoma, su una stuoia collocata vicino al palmento dove si pistiàva l'uva. Si cospargeva i punti sofferenti di mosto fresco e aspettava che le api lo venissero a pinzàre, a decine. Dopo un'ora di quel trattamento, gonfio per le punture, si alzava e si lavava con un'acqua speciale che teneva in una damigiana.

«Ma non ti fanno male?» gli spiai io che l'anno

avanti ero stato muzzicàto da un'ape e m'era persino venuta la febbre.

«Basta che non ci pensi, e il dolore non ti viene» fu l'incredibile risposta.

* * *

Nella sua grandissima casa della "marina" (come si chiamava al mio paese) bivaccavamo una dozzina di nipoti veri, finti o acquisiti, di età variabile dai tre ai sette anni. La sua casa certi giorni la trasformava in un luna park, tra l'altro aveva fatto costruire per noi un trenino su binari trainato da una locomotiva a carbon fossile con due vagoncini capaci ognuno di quattro posti. Le risse per montarci sopra venivano sedate da mamma 'Ntina a colpi di battiatore, quell'arnese in vimini pieghevole che serviva a puliziare i tappeti. La corsa del treno avveniva un giorno all'anno, i mobili erano per l'occasione coperti di tela. Dopo il giorno del treno, mamma 'Ntina chiamava i muratori e faceva ridare il colore alle pareti.

Un giorno, per aver fatto una certa cosa che dirò appresso, diventai il suo nipote preferito e mi fece costruire un'automobile a pedali in legno, a due posti, munita di una tromba vera. Certe volte la sua casa veniva proibita ai picciliddri ed era quando, cedendo alle richieste di amici e parenti, si dedicava alle sedute spiritiche.

Io, dopo, vedevo nèsceri i "grandi" pallidi e tanticchia scantàti e se spiavo loro cosa fosse successo, mi dicevano confusamente di seggie che ballavano o di tavolini che, addirittura, tentavano di salire le scale. Allo spavento dei "grandi" u zz'Arfredu reagiva in genere con una risata da ciclope.

Diventai suo nipote preferito, quando non avevo ancora sette anni, perché un pomeriggio che lui era fòra di casa, trovai il coraggio d'entrare nel suo studio, uno stanzone stracolmo fino al soffitto di libri e riviste, la cui porta era sempre aperta.

Però proprio allato all'entrata, sopra un tangerino, ci stava di guardia una crozza, un teschio vero, allora non ce n'erano di plastica, che u zz'Arfredu chiamava Yorick e col quale di tanto in tanto dialogava. Ci contava ch'era un inglese scialacore che gli diceva cose da ridere. Attratto irresistibilmente dai libri (leggevo e mi piaceva leggere), trasii tremando taliàto dalle orbite spaventose di Yorick, m'accucciai darrè la scrivania perché non mi vedessero e pigliai il primo libro che mi capitò. Era, lo ricordo perfettamente, *La follia di Allmayer* di Conrad, che finii in tre giorni. Ma dovetti lasciare qualcosa fuori posto perché, a cena, u zz'Arfredu domandò:

«Chi è che trasì nello studio?»

A lui non si potevano dire farfantarìe, era risaputo che indovinava sempre la verità.

«Io» dissi aspettandomi un liscebusso.

«Lo sapevo che eri tu, me l'ha detto Yorick. Hai il mio e il suo permesso, d'ora in avanti vacci quando vuoi.»

* * *

Per cinque anni, assittato per terra con le spalle appoggiate alla scrivania, divorai Conrad, Melville, Maupassant, Flaubert, Dumas, Verga, Capuana, Pirandello (coi russi ci bazzicava poco, detestava D'Annunzio), trangugiai intere annate di riviste come «Le avventure di terra e di mare», «L'Illustrazione Italiana», «Le grandi firme», «Il Dramma» (che mi fece nascere l'amore per il teatro).

Una mattina che avevo da poco fatto dodici anni, trasì nella mia càmmara mia madre sconvolta.

«Vado a casa di u zz'Arfredu, sta morendo. Vestiti e vieni.»

Piangevo, mentre mi lavavo e mi vestivo. Pregavo u Signuruzzu che me lo lasciasse ancora allato, sentivo che avrei dovuto ancora imparare tante cose da lui.

* * *

Mentre si stava sbarbando gli era venuto il terzo attacco di angina e aveva capito, da bravo medico, che gli restavano poche ore. I suoi tre figli erano andati in giro a convocare amici e parenti, secondo una lista da lui stesso redatta, per un ultimo saluto. Quando arrivai, darrè la porta della sua càmmara c'era una discreta fila; il parrino, il prete, non invitato, era venuto lo stesso e pregava in un angolo. Venne il mio turno e trasii frenando le lacrime. Stava seduto a mezzo del letto, con tre cuscini darrè la schiena.

«Ho detto ai miei figli» mi fece sorridendo «che ti lascino entrare nello studio. Abbracciami.»

L'abbracciai e non potei più tenere i singhiozzi.

«Non fare così» disse confortandomi. «Non c'è niente di tragico. Si muore accussì, semplicemente.»

3

Piace il vino a San Calò

Nel 1946, durante la prima domenica di settembre – la festa di San Calogero cadeva sempre quel giorno – per poco a S.E. Rev.ma Rufino mons. Luigi non era venuto un sintòmo, una sincope. Sbattuto da appena un mese ad Agrigento dalla natia Alessandria (pare che il suo cuore paterno avesse un po' troppo palpitato d'affetto per le Brigate nere durante la repubblica di Salò: questa, dicevano le malelingue, la ragione del suo trasferimento), aveva ricevuto una vera e propria botta in testa all'assistere alla festa.

«Ma questo è un rito pagano!» aveva a un certo momento gridato al parroco che si era sentito aggelare.

Sinceramente, però, non gli si poteva dare torto.

Appena spalancata la porta della chiesa, mentre scoppiavano i mortaretti – una maschiàta sapientemente condita con residuati bellici – la vara del Santo era stata messa in bilico sul primo dei dodici scaloni davanti al portale da venti scaricatori portuali e quindi, con una concorde spinta, fatta scivolare giù fino alla piazza dove, a bloccare il Santo, c'erano altri venti scaricatori, tutti a piedi nudi, i fazzoletti variopinti annodati darrè la nuca, le camicie sbottonate fino al bellìco, un'ampia fascia colorata a reggere i pantaloni bianchi.

Alla comparsa del Santo un urlo si era levato dalla folla: «E chi fìcimu? Nu scurdamu? Ebbiva San Calò!» che alle orecchie di S.E. dovette suonare terrorizzante nel suo furore e nella sua incomprensibilità come il grido di guerra dei musulmani ai crociati.

Quindi quinnici tamburinari scelti, vestiti alla stessa manèra degli scaricatori, attaccarono di gran gana coi loro strumenti, un suono ritmico e pressante, stordente, eccitante, che solo in mezzo all'Africa, forse, se ne poteva sentire uno uguale.

Intanto, torno torno alla vara del Santo ferma sulla piazza, principiarono brevi ma furibonde azzuffatine. Erano dovuti correre i carrabinera a fare ordine. Si erano formati così diversi gruppi familiari che, aspettando di montare sulla vara, si scambiavano male occhiate e gastìme di terribili malatìe. Una volta raggiunto il posto desiderato, i gruppi si mettevano in posa, i bambini accucciati ai piedi della statua del Santo, il capofamiglia di fianco, un braccio amichevolmente passato sulle spalle di San Calò, la mogliere con la borsetta tra le mani all'altro fianco. Mentre il fotografo col treppiedi scattava, i membri della famiglia ritrattata domandavano la grazia e dicevano all'orecchio del Santo la prumissa: ma questi non se ne dava conto, gli occhi sul libro rilegato rosso che teneva aperto nella destra, la mano mancina stretta attorno a un nodoso bastone, la testa non alzava mai, non dava confidenza.

Finite le fotografie, i portatori avevano sollevato senza sforzo la pesantissima vara e, caricatasela sulle spalle, avevano pigliato il fujuto. Il Santo sempre di prescia caminava, sempre tante cose da fare aveva. Avanti si erano messi i preti, le tonache al vento, obbligati a tenere quel passo di bersagliere, dietro venivano i tamburinari scatenati e dietro ancora i fedeli. Dai balconi parati con coperte ricamate pioveva giù il pane tagliato a fette, una foresta di mani – i poveri accorrevano a centinara dai paesi vicini – nasceva e scompariva ad ogni gettata, una vociata di ringraziamenti rintronava.

Ogni tanto un suono di campanella avvertiva i portatori che c'era da ricevere un'offerta particolare, il Santo si fermava a malappena, data la rincorsa gli scaricatori facevano come i cavalli in discesa, il corpo indietro e le gambe in avanti, sulla strada scendeva il graziato e appuntava la prumissa in biglietti di banca ai lunghi nastri rossi e azzurri che pendevano dalle braccia della statua. Quando i nastri erano tutti pieni come la carta moschicida in un palmento, uno del comitato prendeva un sacco e vi stipava dintra i soldi. I proprietari delle taverne erano tenuti a non chiudere bottega – una volta che Pietro Savio ci aveva tentato, con le aste della vara a catapulta gli avevano fatto saltare la porta – se i portatori si decidevano a fermarsi, toccava a loro vino a volontà, gratis, e un bicchiere spettava di diritto al Santo: dopo tre o quattro fermate, a forza di spalmargli gocce di vino sulle labbra finiva che dalla bocca di San Calogero cominciava a colare un filo rosso. Col vino che gli nisciva dalla bocca e il passo barcollante dei portatori, verso le cinque del dopopranzo cominciava a parere un ubriaco che non reggesse il carico.

A volte uno della folla, ispirato, faceva voci che il Santo sentiva caldo, non vedevano che sudava tutto? Bisognava allora asciugarlo: si fermavano, calavano a terra la vara, tiravano fora un fazzolettone, glielo passavano sulla faccia.

Quel giorno S.E. si accorse, con orrore, che uno dei portatori, il più acceso di fede, stava asciugando il Santo con un gatto vivo, un gatto che soffiava e graffiava.

Intanto, mentre la processione lasciava le vie del centro per andare nei vicoli di periferia, dopo ore e ore di faticata il Santo principiava a fare le sue spettacolose acrobazie per entrare in certe stradette strettissime, si metteva di traverso, di tre quarti, sottosopra, ma sempre finiva per passare dove c'era qualche malato che ne aspettava con ansia l'arrivata. E via via che la vara penetrava nelle strade dei più poveri s'appesantiva di grappoli di picciliddri, sordomuti, rognosi, sciancati, con gli occhi pisciati, con la guallara, tutti picciliddri malati che il Santo miracoloso voleva allato a lui lungo quelle vie di fame, di dolore, di pena.

Ma le forti sofferenze di S.E. erano destinate, verso sera, ad aumentare. Un reparto di soldati negri, che gli americani avevano lasciato di guardia a non si sa che cosa, vide passare la processione. Un Santo con lo stesso colore della loro pelle – San Calò era africano – li fece nèsciri pazzi di colpo. Tre tirarono fora il mitra e principiarono a correre davanti a tutti sparando in aria, uno pigliò a sonare la tromba che pareva Armstrong, quattro o cinque s'impadronirono dei tamburi e si misero a fare fantasia, i rimanenti del reparto domandarono di portare la vara dietro pagamento di buona moneta degli Stati. Quando i portatori, momentaneamente liberi, s'affollarono attorno a S.E. acclamandolo, questi vide, ammammaloccuto, che tutti indistintamente portavano appunto sulla cammisa oramai grigia di sudore, il distintivo del Pci. Poi ci fu lo scandalo finale.

Al tramonto, al momento di rientrare in chiesa per la sulenne cerimonia finale, S.E., che aspettava in piedi davanti alla porta, vide con stupore la processione fare di colpo dietrofront e sparire darrè l'angolo. Il parroco, che sotto le taliàte di S.E. invecchiava a vista, gli spiegò che evidentemente il Santo non se la sentiva ancora di tornare in chiesa, gli era forse venuto desiderio di fare un altro giretto. S.E., fuori dalla grazia di Dio, si mise a chiamare con tutto il fiato i carrabinera e questi ultimi, più con le cattive che con le buone, riuscirono a persuadere il Santo a trasìre in chiesa.

Il giorno appresso S.E. Rev.ma fece sapere che, in occasione della festa dell'anno a venire, i comunisti non avrebbero più potuto portare la vara, che il pane non doveva essere buttato dai balconi, che i picciliddri malati non dovevano più acchianare sulla vara, che la processione non corresse ma procedesse con passo lento, che nessuno offrisse più da bere al Santo (pena la scomunica dell'intero paìsi) e per ultimo, punto al quale S.E. teneva particolarmente, il Santo doveva, tra una festa e l'altra, starsene in chiesa come facevano tutti gli altri santi. Eh, già; San Calogero, in effetti, aveva sempre abitato nella Casa dei Lavoratori portuali: durante il fascismo, tra i ritratti di Mussolini e del Re, dopo la Liberazione tra quelli di Lenin, Stalin e Giuseppe Di Vittorio. Veniva portato in chiesa solo il giorno prima della festa.

Dopo lunghissime trattative si raggiunse un compromesso. Il Santo, prima di essere fatto scivolare sui gradini, veniva dai preti, che non avrebbero partecipato alla processione, declassato a comune mortale e per questo gli veniva levata la spera che gli aureolava la testa. In quanto uomo, poteva fare quello che voleva: farsi tirare il pane, correre, carricarsi i picciliddri sulle spalle, andare taverne taverne con gli amiciuzzi suoi. Venne fabbricato macari un altro santo, identico al primo. Quello vero stava nella Casa del Lavoratore, quello finto in chiesa: ma in processione si portava quello vero.

La processione religiosa, quella riconosciuta dalle autorità ecclesiastiche, sarebbe invece avvenuta la sera. Lavato dal vino, rivestito a nuovo, riconsacrato e con la spera in testa, il Santo nisciva di bel nuovo nuovamente con i preti, i devoti serii, i canti religiosi.

Ben presto però la voce popolare disse che di una processione tanto ammodo, lenta, composta, ordinata, con appresso solo qualche vecchietto e le pirsone "civili" tutte vestite a festa, San Calogero si stuffava fino alle lagrime.

E qualcuno giurò d'averlo visto perfino sbadigliare.

4
Il primo voto

Le prime elezioni regionali siciliane del 1947 partirono di colpo incaniàte, lo si capì subito che non era cosa perché non c'era comizio che non finisse, nel meglio caso, ad azzuffatina generale. Nel peggio caso, invece, ci scappava qualche revorberata e qualcuno finiva allo spitàle. Rapidamente lo scontro politico arse e non solo metaforicamente, àrboli di mandorlo e d'olivo vennero abbrusciati, cìciri e fave furono abbrustoliti in loco, vale a dire dentro ai magazzini dov'erano ammassati. A sinistra ci stavano comunisti e socialisti uniti che avevano pigliato per emblema la testa di Garibaldi, a destra i monarchici e gli agrari, in mezzo i democratici cristiani con lo scudo crociato. Averci messo a simbolo la testa di Garibaldi parse al "Fronte del popolo" una gran bella pinsàta. I picciotti di sinistra, con le sacchette piene di manifestini, si gettarono campagne campagne alla cerca di voti.

«Votate e fate votare Garibaldi!»

«Pirchì, Calibardi s'apprisenta? Ancora vivo è?» spiava imparpagliato qualche contadino posando la vanga.

A un giovane intellettuale non andò tanto bene quando venne a trovarsi davanti a un vecchio ottantino, assittato su una seggia di paglia, allato alla porta d'una casuzza poco più grande di un dado.

«Io con questo Canebardo non ci voglio avìri nenti a chiffàri.»

«E pirchì?»

«Pirchì era uno sdilinquente.»

«Ma non è vero!»

«Nossignori, vangelo è! Tanto è vero che quannu calò qua, arrimise in libbirtà tutti i sdilinquenti che stavano incarzarati!»

«Sentite, questa storia dei carcerati...»

«Làssati prigare, nicarè! Che ne vuoi sapiri tu che sei tanto picciotto che hai ancora la scorza in culo! A mia mia matre me lo contò! A uno, questi sdilinquenti ci tagliarono la testa e ci jucàrono a palla!»

Il giovane intellettuale sorrise. Quella storia l'aveva letta para para in un atto unico di Pirandello, *L'altro figlio*.

«Taliasse, zù. Questa cosa se l'inventò uno scrittore di queste parti che si chiamava Pirandello...»

«Se l'inventò?» scattò arraggiato il vecchio susendosi. «Che viene a dire, che se l'inventò? Io, gliela contai la storia a Lovicìno Pirinnello! E lui la scrisse! Quello che ci tagliarono la testa il frati di me' nonno era!»

Il giovane intellettuale scappò, schivando miracolosamente una pietrata che gli avrebbe scassato la schiena.

In paìsi le cose non stavano meglio. A scanso di complicazioni, il maresciallo dei carrabbinera Allotta, ch'era omo di mezza parola, aveva parlato chiaro:

«Da ora in avanti, comunisti e socialisti, se hanno gana di farsi una birra, vanno solo ed esclusivamente al caffè Empedocle; i democristiani al caffè Castiglione; i monarchici e i separatisti al caffè Pùrpura. Chi sconfina, l'arresto con una scusa qualisisiasi.»

E fu proprio al caffè Empedocle che si addrumò una miccia capace di fare satàri in aria il paìsi sano sano.

«Che dicevano i teteschi? Dicevano: *Gott mit uns*. E dicevano una minchiata grossa quanto una casa. Dio non era con loro, tant'è vero che finirono come finirono. Invece il Signiruzzo santo, tramite il figlio so', è sicuramente dalla parte nostra» fece una sìra Pepé Contrera.

I suoi compagnuzzi lo taliàrono tanticchia strammati.

«Siamo sicuri?» spiò Gegé Affitto che era sempre dubitoso della qualunque.

«È Gesù Cristo stesso che lo dice chiaro e lampante» rispose Contrera ordinando al cammareri il quinto fernet.

L'intellettuale, quello che era stato pigliato a pietrate, si fece obbligo d'intervento.

«Nei Vangeli, per quanto...»

«Me ne fotto dei Vangeli» tagliò Contrera.

Calò silenzio. Poi Marco Clemenza si pigliò di coraggio.

«Ti vuoi spiegare meglio?»

«Certo. Ora vengo e mi spiego» disse calmo Contrera scolandosi il fernet che gli era stato appena portato.

Si taliò torno torno e spiò:

«Quanti jorna mancano alla domenica di Pasqua?»

«Quattro» arrispose prontamente Pippo Liotta che era comunista, ma che non perdeva una Missa.

«Allora ragioniamoci sopra tanticchia. Domani, venerdì, il Signiruzzo more. Giusto?»

«Giusto» fecero gli altri a coro.

«E che succede dintra la chiesa quando il Signiruzzo more? Succede che parano a lutto coi linzòli viola gli altari e legano le campane. Giusto?»

«Giusto.»

«Domenica invece il Signiruzzo risuscita e si canta la Missa. Ma come risuscita? Cadono i linzòla a lutto e si vede la statua del Signiruzzo che se ne acchiana in cielo mentre le campane sonano a tinchitè. Giusto?»

«Giusto.»

«E che tiene in mano il Signiruzzo mentre se ne acchiana in cielo? Una bandiera rossa, tiene!»

«Minchia!» variò il coro.

Era indiscutibilmente vero. «Veramente, bandiera bandiera non è» azzardò il giovane intellettuale. «È piuttosto un làbaro.»

«Sempre rosso è» tagliò Contrera.

E poi, sorridendo diabolicamente:

«E lo sapìti che facciamo noi – mi raccomando, non deve mancare nisciuno alla Missa di domenica – appena il Signiruzzo risuscita? Principiamo a cantare *Bandiera rossa* che macari il Papa, a Roma, si dovrà atturare le grecchie!»

Scoppiò un applauso.

Ma tra quelli che battevano le mani al cafè Empedocle c'era un Gano di Maganza, un traditore che di nome faceva Masino Pullara. Questo giuda ogni tre giorna andava nel gabinetto medico del dottore Liborio Boncristiano, che tale era non solo di cognome ma macari di fatto, dicendo che doveva farsi curare un distrubbo della grecchia mancina. Era una scusa, il vero era che Masino andava a riferire al dottore quello che dicevano e quello che facevano i so' compagni. E ogni volta Liborio Boncristiano non gli faceva ammancare le cento lire.

E fu così che i democristiani vennero a canoscenza della storia che i rossi avevano strumentiàta.

Alle sette e mezza spaccate di ogni matina che Dio mandava, al cafè Empedocle s'apprisintava Cocò Smecca, cammareri del barone Stefano Arrigo di Titò, per accattare una granita di cafè e tre taralli che il patrone voleva trovarsi davanti appena raprìva gli occhi. Senza pinsare di fare malizia, il banconista, mentre preparava l'ordinazione, contò a Cocò Smecca quello che aveva sentito dire il giorno avanti a Pepé Contrera.

«Che si dice in paìsi?» era la prima domanda che il barone faceva al cammareri mentre si sbafava la granita.

Appena sentito il ragionamento di Contrera, Stefano Arrigo di Titò, capo dei monarchici-separatisti, si fece andare per traverso il tarallo, cominciò a tussiculiàre, gli venne a fagliare il respiro, tanto che il cammareri dovette battergli la mano darrè la schina.

«Vammi a chiamare a Giugiù» fece farfugliando.

Cocò Smecca si precipitò, se c'era d'abbisogno di Giugiù Zonta, il numero uno dei campèri del barone, omo di facile coltello ma di più facile revòrbaro, veniva a significare che la facenna non era propriamente uno sgherzo.

Patre Aurelio Li Càusi aveva appena pigliato letto, stanco morto delle funzioni del Venerdì Santo, quando sentì discretamente tuppuliare alla porta. Malati gravi, quelli da Estrema Unzione, in pàisi non ce n'erano e durante la giornata non c'era stata né un'azzuffatina né una sparatina, una specie di tacita tregua per non turbare il giorno che era.

«E cu minchia può essere?» si spiò patre Aurelio che era un sant'omo ma che ogni tanto la parolazza gli scappava.

«Mi scusi se la disturbo a quest'ora, ma si tratta di un fatto grave» fece sulla porta il dottor Boncristiano. Da sempre il parrino e il medico si facevano 'ntipatia. E in più Boncristiano aveva pubblicamente rinfacciato a patre Aurelio di non volere pigliare partito dal pùrpito contro i rossi.

«Se è cosa grave, s'accomodi» disse il parrino mettendosi di lato per farlo passare.

Il dottore gli contò la facenna.

«Embè?» spiò alla fine il parrino frisco come un quarto di pollo.

«Come, embè?» scattò il medico. «Non lo capisce, o forse non lo vuole capire, che se i paisani vedono a Cristo con la bandiera rossa si mettono in fila alla gabbina elettorale per votare il Fronte? E noi ce l'andiamo a pigliare nel culo! Si rende conto, o no?»

«Io non so dove lorsignori se lo vanno a pigliare.

Il fatto è che da sempre i paisani hanno visto a Cristo che sale in cielo col labaro rosso.»

«Ma stavolta è diverso!»

«E pirchì??»

«Perché quelli, attaccando a cantare *Bandiera rossa* è come se dicessero: vedete? Due e due fanno quattro. Gesù se ne va in cielo con la bannèra nostra!»

«Ho capito, dottore. Lei vorrebbe che Gesù cangiasse bandiera per ragioni politiche.»

Boncristiano si susì dalla seggia. Aveva la faccia giarna che pareva un morto. Senza manco salutare il parrino, voltò le spalle e sinni niscì. Andò a casa, si fece la barba, si lavò, si vestì di scuro con la cravatta, si mise in macchina e partì per Montelusa. Andava a trovare il vescovo, il reverendissimo pastore Pietro Agostino Carnazza, omo di posto certo in Paradiso.

E difatto, verso le nove di sira dello stesso jorno, in casa di patre Aurelio Li Causi s'apprisintò monsignor Guttadàuria, segretario particolare del vescovo, picciotto trentino e tutto al superlativo: curatissimo, elegantissimo, dottissimo, eloquentissimo, diplomaticissimo. Parlò senza fermarsi per un'ora e mezza, citando sant'Agostino, san Tommaso, sant'Alfonso de' Liguori e, per ultimo, un certo Domenico Cavalca che patre Aurelio non aveva mai sentito muntuàre.

Con la testa che gli fumava, patre Aurelio spiò, quando capì che l'altro aveva finito di parlare:

«Su conclusione, come mi devo regolare?»

«Secondo coscienza, è naturale. Ma se mi posso permettere, un consiglio ce l'avrei. Perché non sostituisce il labaro rosso con una bella bandiera bianca con lo scudo crociato in mezzo? Oddio, padre Aurelio, che ha? Si sente male? Non mi faccia spaventare, padre Aurelio!»

Il pòviro parrino quella notte non arriniscì a pigliare sonno, si votava e si rivotava nel letto, aveva la bocca arsa come per la terzana. S'appinicò verso le tre e sognò di trovarsi davanti al Grande Inquisitore in pirsona che ordinava che lo dovevano arrostire vivo sopra una graticola. S'arrisbigliò in un lago di sudore, sentì che la porta di casa veniva pigliata a càvuci, andò a raprìre.

«Voscenzabinidica» lo salutò Giugiù Zonta, alto, grosso, baffuto e con il duecanne in spalla.

Il camperi del barone Stefano Arrigo di Titò parlò per deci minuti spaccati, citando la strage degli innocenti, il martirio di san Sebastiano, quello di santa Lucia e quello di Tanino Fazio che santo non era ma al quale prima avevano tagliato i cabasisi e poi l'avevano impalato.

«In conclusione, come mi devo regolare?» spiò macari a lui patre Li Causi che alle parole di Giugiù si era messo a sudare il doppio, tanto che tra le pantofole aveva formato tanticchia di vagnàto.

«Io chiaro parlai a vossia» fece Giugiù susendosi «e di perciò questa addimanda non me la doveva fare. Allora vengo e mi spiego meglio. Vossia leva la bannera rossa dalla mano di Cristo e la cangia con la nostra bella bannera siciliana con la Trinacria in mezzo. Appresso me ne portai una, nel caso vossia non l'avesse avuta sottomano.»

La tirò fora dalla sacchetta della cacciatora, bella piegata a otto, la posò sul tavolino, salutò divotamente, niscì.

Il marasciallo Allotta quello che avevano in mente di fare i rossi lo seppe praticamente nel momento stisso che Pepé Contrera aveva finito di dirlo, tre jorna avanti. Perciò aveva addimandato rinforzi a Montelusa, Fela e Fiacca. Alle ùnnici del matino occupò militarmente la chiesa, disponendo i carrabbinera a forma di ypsilon: nella parte alta, quella a "vu", sarebbero stati allocati i democristiani con un cordone di militari alle spalle, a mano manca i rossi e a dritta i separatisti e i monarchici divisi da una filata di carrabbinera che arrivava fino al portone. Il marasciallo stesso si mise sul sagrato e, aiutato da quattro dei so', smistò i fedeli secondo le loro idee politiche. Che del resto conosceva benissimo.

Scasàrono tutti. Dalla sua casa di contrada Inficherna arrivò don Casimiro Impiduglia che, non potendo mantenersi addritta per via delle gambe molli, venne portato a siggiteddra da due nipoti che si spezzarono a momenti i polsi dato che lo zio pesava centottanta chili netti. Dalla montagna del Crasto calò Michele Lodico che a forza di travagliare il tirreno si era intortato come un olivo saraceno e aveva il busto spostato di cinquanta centimetri rispetto alla linea dei piedi. S'arricampò Nenè Navarrìa, latitante da cinque anni, che per l'occasione il marasciallo fece finta di non arriconoscere. Sdunò Peppuccio Agrò che non aveva mai più messo piede in chiesa da quando l'avevano vattiàto perché l'acqua del battesimo gli aveva fatto venire la polmonite doppia, lasciandolo di salute cagionevole. A farla brevi, a un quarto a mezzo jorno nella chiesa non arriniscì a trasìri più nisciuno, non ce la fece manco il gatto di patre Aurelio che era di casa nella sagrestia.

Il parrino s'apprisintò con due chierichetti. Era arrivata l'ora. Tutti i prisenti lo taliarono in faccia: era sireno, anzi anzi aveva un sorriso leggio nelle labbra e negli occhi. Sicuramente aveva arrisolto il busillisi. Ma come?

I dodici colpi dell'orologio del municipio rintronarono come cannonate nel silenzio della chiesa. A i dodici rintocchi le campane pigliarono a sonare a festa, facendo morire di spavento le palumme sul tetto. Poi, a una parola del parrino, un chierichetto s'avvicinò all'altare maggiore, tirò una cordicella, fece cadìri il linzòlo viola.

E la statua di Gesù che acchianava in cielo s'ammostrò. Non aveva la bannera rossa. E manco quella bianca. E manco ancora quella con la Trinacria. Poi, dopo un attimo di stupore, dalla latata mancina, quella dove ci stavano socialisti e comunisti, alto, solenne, si levò il coro dell'*Internazionale*, mentre democristiani, monarchici e separatisti lasciavano arraggiati la chiesa.

«Ma dove ho sbagliato?» si spiò il parrino. E isò gli occhi a taliàre la statua.

Aggelò, capendo l'errore.

Senza l'asta in mano, il gesto di Cristo cangiava di significato: il Signiruzzo se ne acchianava infatti in cielo col braccio destro levato in alto e a pugno chiuso, nel tipico saluto comunista.

E fu accussì che il "Fronte del popolo" stravinse le elezioni.

NOTA. *Questo racconto non è cosa di fantasia. Capitò veramente al mio paese. Io ho solo cangiato i nomi. Il giovane intellettuale del quale parlo, ero io.*

5

Ipotesi sulla scomparsa di Antonio Patò

Nel pomeriggio del Venerdì Santo del 1919, a Raccadàli, grosso paese della provincia di Montelusa, accadde un fatto inusitato, destinato ad entrare nella leggenda e a diventare oggetto d'indagini, analisi, ricerche, ipotesi, alcune delle quali certamente suggestive, ma tutte però di non appagante conclusione. Per raccontare il misterioso episodio, preferiamo cedere la parola a Leonardo Sciascia che lo sintetizzò brillantemente proprio a conclusione del suo romanzo intitolato *A ciascuno il suo*, edito nel 1966.

«Cinquant'anni prima, durante le recite del *Mortorio*, cioè della Passione di Cristo secondo il cavalier D'Orioles, Antonio Patò, che faceva Giuda, era scomparso, per come la parte voleva, nella botola che puntualmente, come già un centinaio di volte tra prove e rappresentazioni, si aprì: solo che (e questo non era nella parte) da quel momento nessuno ne aveva saputo più niente; e il fatto era passato in proverbio, a indicare misteriose scomparizioni di persone o di oggetti.»

Prima di procedere oltre, mi pare indispensabile fare alcune puntualizzazioni su quello che Leonardo Sciascia chiama *Mortorio*, secondo l'uso del popolino. C'è una inesattezza nel cognome dell'autore: non D'Orioles, ma semplicemente Orioles. Di Filippo Orioles, il marchese Villabianca, che nel suo *Diario palermitano* ne registra la morte, a 106 anni d'età, nell'agosto del 1793, scrive che trattasi di «persona minuta».

Il titolo esatto della sacra rappresentazione è: *Il riscatto di Adamo nella morte di Gesù Cristo.* Venne data alle stampe nel 1750, a Palermo, dagli Eredi d'Aiccardo con la supervisione dell'autore. Era composta da tre atti e un prologo; i personaggi erano 44, ma saggiamente il cavaliere Orioles mostrava in un'Avvertenza come potessero agevolmente essere ridotti a 19. La sacra rappresentazione, nota il Pitré, «trovò tanto fervore tra noi che maggiore non n'ebbe forse mai nessuna tragedia di autor siciliano». Infatti si rappresentò per decenni e decenni (e talvolta ancor oggi si recita) in ogni paese dell'isola, subendo però ogni sorta di variazioni, tagli, menomazioni, aggiunte arbitrarie. Inoltre gli immancabili incidenti nel corso delle rappresentazioni, in gran parte dovuti alla rozzezza degli interpreti (per lo più contadini, solo Cristo era impersonato in genere da un prete) diedero luogo a un'aneddotica talvolta persino licenziosa.

Nell'edizione del 1750, la morte di Giuda veniva suggerita allo spettatore attraverso una scena nella quale si vedeva Giuda, con una corda in mano, che correva a impiccarsi (dietro le quinte, e cioè non a vista), inseguito dalla Speranza, dal Perdono, dal Pentimento e dalla Fede. Questi quattro personaggi che formano il corteo di Giuda, l'autore stesso, nell'Avvertenza, consiglia di tagliarli, lasciando che sia il solo Giuda a uscire di scena.

Il cavaliere Orioles, insomma, appare chiaramente in difficoltà per quanto concerne la "rappresentazione" della morte di Giuda. Farlo impiccare a vista non gli doveva parere cosa né agevole (il rischio di un incidente mortale era forte) né moralmente lecita. Inoltre il suicidio scenico di Giuda sarebbe inevitabilmente incappato nei rigori dei censori ecclesiastici. Il fatto però era che l'uscita di scena di Giuda, sia pur drammaticamente manifestante propositi suicidi, restava teatralmente debole, incapace di raggiungere un qualsivoglia effetto catartico.

Notata questa debolezza dell'azione scenica, a qualcuno venne in mente come rendere il suicidio di Giuda a un tempo catartico e spettacolare. Giuda non usciva più di scena, ma, raggiunto il luogo deputato del suicidio, nel quale era già approntato un albero, legava una cima della corda a un ramo e, mentre al collo fingeva d'annodare l'altra cima, disperato invocava la terra perché s'aprisse inghiottendolo. Il che puntualmente avveniva tra l'orrore degli astanti. Quindi Giuda s'impiccava a vista, ma non risultava chiaro se la sua morte era dovuta al nodo scorsoio o allo sprofondamento della voragine apertasi ai suoi piedi. Questa soluzione scenica incontrò grande favore. Ed è quella che venne adottata anche nelle rappresentazioni di Raccadàli, se Sciascia parla dell'esistenza di una botola.

Il *Mortorio* veniva messo in scena nella Piazza Grande, non davanti al sagrato della Chiesa Matrice, ma lungo la facciata del Convitto Salesiano che presentava solo un ampio portone e alcune finestre a piano terra munite però di sbarre. Veniva eretta un'impalcatura in legno lunga metri 30, profonda metri 10 ed elevata 1 metro e 70 centimetri rispetto al piano stradale. In scena si accedeva attraverso quattro scalette, collocate tutte nella parte posteriore del palco che distava metri 6 dalla facciata del Convitto. Questo spazio era riservato agli attori e alle comparse, per gli uomini e le donne erano state allestite due ampie cabine in legno per il cambio dei costumi. La parte posteriore del palco era chiusa da assi di legno sovrapposte, non in corrispondenza naturalmente delle quattro scalette. La botola di centimetri 60 x 60 era situata nella parte destra del palco (rispetto agli spettatori).

Bisogna però dire che a Raccadàli, da almeno cinque anni, era avvenuto un sostanziale mutamento della classe sociale degli attori che per diletto partecipavano alla recita. Fino al primo decennio del secolo erano contadini e pastori a prestarsi per le parti, mentre Gesù era rappresentato dall'arciprete Spiridione Randazzo al quale era anche affidata la direzione artistica. Quando don Randazzo toccò il sessantesimo anno d'età, si pose il problema della sua sostituzione, troppo differendo la sua malandata figura d'uomo anziano dall'immagine che ogni fedele aveva di Gesù. All'epoca i preti operanti a Raccadàli, a parte don Randazzo, erano cinque: don Spreafico (obeso), don Interdonato (scheletrico), don Persichella (sciancato), don Liberato (ottuagenario). Restava don Filippo Spanò, trentacinquenne aitante, il quale in un primo momento si disse onorato e accettò l'incarico. Ma il terzo giorno di prove dichiarò di non sentirsi all'altezza della parte e non ci fu verso di farlo recedere dal suo proposito.

Chiamare un prete da un paese vicino avrebbe significato un'onta per i raccaldesi. Su proposta dello stesso don Randazzo venne invitato alla parte Erasmo Giuffrida, maestro della locale scuola elementare. Il maestro, come contropartita per l'accettazione, chiese ed ottenne d'avere sul palco il conforto morale della presenza di un amico, Antonio Patò appunto, che assunse il ruolo di Giuda. Nel volgere di tre anni, i contadini e i pastori furono ridotti a comparse, signori e signore della borghesia raccaldese si fecero obbligo d'interpretare le parti principali della sacra rappresentazione. Da allora due sale al piano terra del Convitto vennero adibite per le signore e i signori, mentre il comparsame continuò a cambiarsi i costumi nelle due cabine allestite nel retropalco.

Antonio Patò, al momento della sua sparizione, aveva compiuto trentanove anni proprio giorni avanti quel fatale Venerdì. Cassiere della locale filiale della Banca di Credito e Sconto, era sposato da dieci anni con Filomena Rizzo, raccaldese, di benestante famiglia. Dal loro matrimonio erano nate due bambine: Adele e Stella. A Patò non si rimproveravano vizi di sorta ed era dai paesani assai stimato per l'affabile tratto e il sensato sentire. Era un bell'uomo, contento del posto che aveva saputo guadagnarsi nella società con la pratica della rettitudine e dell'onesto comportamento.

Passiamo ora ad alcune tra le più interessanti ipotesi sulla scomparsa, avvertendo il lettore che seguiremo l'ordine inverso rispetto alle loro formulazioni: esamineremo cioè le più recenti per risalire via via a quelle quasi contemporanee al fatto.

1) Ipotesi di Sir Alistair O'Rodd

Sir Alistair O'Rodd (Birmingham 1901 – Londra 1993), "astronomo della Regina", è personalità scientifica troppo nota perché noi qui la si illustri. La sua teoria che l'universo sia fluttuante in un continuum spazio-temporale è tutt'ora oggetto d'accanite discussioni accademiche.

Molti però forse ignorano che, nel 1940, Alistair O'Rodd, non ancora baronetto, aveva pubblicato sullo «Scientific American» un saggio sul caso conosciuto come quello dell'*uomo che girò intorno ai cavalli*. Durante la guerra di Secessione un soldato sudista, tale James Faulkner, era stato punito dal suo caporale a fare cinquecento giri di corsa attorno a un gruppo di dieci cavalli legati tutti allo stesso palo. Non essendo particolarmente benvoluto dai compagni per il suo carattere violento e prepotente, i commilitoni del suo plotone vollero assistere, per dileggio, all'esecuzione della pena. Compiuto il quarantesimo giro, il Faulkner non riapparve ai loro occhi. Credendo a uno scherzo, tre compagni, dopo averlo invano chiamato, andarono a cercarlo, ma non lo trovarono. C'è da dire che il palo con i cavalli era al centro di un vasto campo d'erba bassa, un piccolo bosco iniziava a circa duecento metri di distanza, ma per raggiungerlo era necessario camminare allo scoperto per tutto il tratto. Inutile dire che del Faulkner non si trovò traccia mai più. Questo almeno fino al 1920 quando sotto gli occhi del diciannovenne O'Rodd capitò un rapporto stilato, il 3 novembre 1917, da un maggiore dell'esercito britannico nel quale si narrava della misteriosa sparizione "a vista" del soldato James Faulkner, avvenuta mentre, nelle retrolinee, accudiva a un gruppo di cavalli. Quello che risultò essere ancora più strano, sottolineava il maggiore, era che da successive ricerche nessun soldato a nome James Faulkner era mai stato iscritto nei registri militari.

Nel suo saggio Alistair O'Rodd ipotizzava che Faulkner fosse caduto in un fosso al tempo della guerra di Secessione americana. Un fosso, si badi bene, non materiale, ma all'interno di quel continuum spazio-temporale dentro il quale l'universo fluttua. E quindi fosse riapparso durante la prima guerra mondiale per *ripetere* la stessa caduta. Assai probabilmente, concludeva O'Rodd, in ogni guerra prossima ventura ci sarà, da qualche parte del mondo, un soldato di nome James Faulkner che sparirà nelle vicinanze di un gruppo di cavalli.

Com'è noto, due anni prima di morire, Sir Alistair O'Rodd fece una breve visita ai templi di Montelusa. E qui gli venne raccontata la storia della sparizione di Antonio Patò. Malgrado l'età più che avanzata, Sir Alistair volle recarsi a Raccadàli, dove parlò a lungo con l'unico superstite della rappresentazione del 1919, tale Nicolò Garuffo che all'epoca aveva cinque anni. Tornato a Londra, Sir Alistair O'Rodd avanzò l'ipotesi, in una lettera autografa al Sindaco di Raccadàli, che il Patò, come già il Faulkner, fosse caduto *all'indietro* all'interno di una piega spazio-temporale, mentre il Faulkner sarebbe caduto in avanti. La distinzione è estremamente importante, perché la caduta all'indietro all'interno di una piega spazio-temporale comporta una risalita verso il passato. E quindi, secondo Sir Alistair, sarebbe stato indispensabile che il Sindaco consultasse gli archivi storici dell'isola per sapere se in anni trascorsi, durante la rappresentazione del *Mortorio*, si fossero verificati altri casi di sparizione. Il consiglio comunale di Raccadàli negò lo stanziamento della somma necessaria per le ricerche.

2) Ipotesi di M.C. Escher

Il famoso artista grafico olandese M.C. Escher, che nel 1960 aveva già dato al mondo capolavori come *Mani che disegnano, Belvedere, Salire e scendere*, arrivò a Montelusa nel novembre di quell'anno, volendo sottoporre ad esame di "tassellatura" il tempio di Montelusa detto della Concordia. Durante il soggiorno montelusano gli capitò sotto gli occhi un articolo di un giornale locale che rievocava la misteriosa scomparsa di Patò. Vivamente interessato, desiderò recarsi a Raccadàli per una sua personale inchiesta. Volle soprattutto intrattenersi con il figlio del falegname che aveva costruito il palco nel 1919 e che intanto era defunto, tale Giuseppe Fantuzzo. Il figlio del falegname, Giusmario, all'epoca aveva diciassette anni ed aiutava il padre nella bottega. Giusmario rivelò a Escher di avere conservato da qualche parte i disegni preparatori per il palco e la botola fatti da suo padre. L'incarico della costruzione del palco era stato assegnato al Fantuzzo nel 1910 e da allora egli mai aveva apportato altra modifica al disegno originale se non, come acutamente notò Escher, nella fabbricazione della botola.

Prima della modifica di Fantuzzo, la botola veniva aperta dal sottopalco da un addetto. Il segnale d'intesa per l'apertura era dato da Giuda stesso che batteva violentemente per tre volte il piede destro sul legno del palco mentre invocava alla terra la provvidenziale voragine. Al terzo colpo, l'addetto, servendosi di un pezzo di corda per tenersi a prudente distanza da Giuda che sprofondava, tirava via la barra di ferro che teneva la botola a livello del piano del palco. Quando ai pastori e ai contadini si sostituirono, come si è detto, i borghesi, sotto la botola venne posta una scaletta che rendesse meno pericolosa la caduta di Giuda nel sottopalco. La prima volta infatti Antonio Patò si era slogata una caviglia. Giuseppe Fantuzzo ideò allora una singolare scala di forma quasi quadrata i cui gradini si trovavano disposti su tre lati soltanto. La parte centrale e cava di questa scala era chiusa da un solido asse di legno, quello sul quale doveva cadere il Patò prima di scendere lungo i gradini.

Va detto che in quell'anno, per esigenze del pubblico, il piano del palco era stato elevato a metri due da terra. Va detto anche che dopo la sparizione del Patò la medesima scaletta venne adoperata da altri senza l'inconveniente di alcuna sparizione. Esaminando attentamente la scaletta, Escher pervenne a un'affascinante conclusione. E cioè che quel pomeriggio del Venerdì Santo del 1919, Antonio Patò, cadendo sulla scaletta, abbia smosso un gradino male inchiodato dalla sua posizione perfettamente orizzontale, trasformando così l'innocua scala del Fantuzzo nella micidiale scala di Penrose.

Nel 1958 lo studioso di genetica L.S. Penrose e suo figlio, il matematico Roger, avevano pubblicato sul «British Journal of Psychology» il disegno di una scala quadrata che per decenni era stata oggetto delle loro ricerche. La scala di Penrose (sarebbe meglio dire "dei Penrose") è praticamente la materializzazione di un incubo: essa infatti obbliga chi vi si viene a trovare in cima e intraprende la discesa, a *scendere sempre*.

Il falegname Fantuzzo, scoperto il gradino schiodato, l'avrà immediatamente rimesso a posto dopo la rappresentazione, evitando così ulteriori scomparse. La conclusione di Escher è dunque che Antonio Patò, da quel lontano giorno, *stia ancora scendendo*.

3) Ipotesi di padre Giustino Seminara

Nel 1925, in occasione della Settimana Santa, a Raccadàli venne chiamato padre Giustino Seminara la cui fama di passionista si era diffusa in tutta l'isola. Numerose e stupefacenti le conversioni da lui operate. Comunisti atei, incalliti bestemmiatori, massoni, miscredenti, colpiti dalla veemenza delle parole del predicatore, cadevano in ginocchio e chiedevano d'essere ascoltati in confessione. Molti, inoltre, correvano a iscriversi alla locale sezione del Pnf (Partito nazionale fascista). A Raccadàli padre Seminara non ebbe bisogno di convertire nessuno: tutti si erano convertiti dopo l'ottobre del 1922. I pochi convertibili superstiti erano assenti in quanto trasferiti in isolette difficilmente raggiungibili. Però ottenne l'indiretto effetto di non far mai più rappresentare il *Mortorio*.

Difatti, il Giovedì Santo del 1925, padre Seminara, nella Chiesa Matrice gremita, volle esporre ai fedeli non una sua ipotesi, ma la sua ferrea certezza sulla scomparsa di Antonio Patò sei anni avanti.

Dopo il solito "cappello" nel quale sosteneva essere l'avvento del Fascismo una resurrezione per l'Italia assai simile a quella di Gesù, padre Seminara esordì sulla questione Patò affermando di aver svolto una sua personale inchiesta dalla quale era risultato che Patò, di anno in anno, diventava sempre più bravo nell'interpretazione della parte di Giuda. Anzi, era opinione comune che nell'ultima recita, quella del 1919, Patò era riuscito a impersonare Giuda con tanta verità da apparire, agli occhi degli spettatori, veramente Giuda. E non poteva essere che così, disse padre Seminara. Già chi si offre per fare la parte di Giuda dimostra un'innata propensione al male, al tradimento. Incurante che la moglie e le figlie di Patò avessero lasciato la chiesa in lacrime, il passionista spiegò come Patò, da cassiere, si fosse trasformato in attore, cioè in colui che è capace di essere altro da sé e quindi di "caricarsi" delle azioni più turpi, dei pensieri più miserabili. Tant'è vero, aggiunse, che in tempi di rispetto per la religione, agli attori non veniva concesso d'essere sotterrati in terra consacrata. La sua certezza era che Patò, quel giorno, fosse diventato un Giuda reincarnato e che il diavolo avesse risposto alla sua supplica aprendogli una voragine sotto i piedi e facendolo arrivare al fuoco eterno che c'è al centro della terra.

Inutile aggiungere che l'anno seguente nessun raccaldese volle interpretare la parte di Giuda. Un attore professionista che aveva accettato, venuto a conoscenza della scomparsa di Patò, ruppe il contratto pagando una forte penale. Da allora il *Mortorio* non si è più rappresentato a Raccadàli.

Queste le tre ipotesi che ci sono parse le più degne di segnalazione. Per onestà storica, in conclusione parleremo del rapporto del Tenente dei RR CC Santoro Guglielmo che indagò, all'epoca, sul fatto. Inutile dire che le conclusioni del Tenente della Benemerita non solo non hanno trovato riscontro, ma che allora suscitarono indignazione per le basse insinuazioni che in quel rapporto erano contenute. A parere dei più, l'ipotesi di Sir Alistair O'Rodd è quella che maggiormente si avvicina alla verità.

Il rapporto del Tenente Santoro si basa su alcuni presupposti:

a) il ritrovamento degli abiti del Patò, scarpe comprese, e del costume di Giuda, all'interno della scala quadrata posta nel sottopalco e non difficile da sollevare;

b) la scomparsa degli abiti di un contadino, scarpe comprese, che faceva da comparsa;

c) la sparizione di una folta parrucca e di una vistosa barba che la ditta Pancati di Palermo, fornitrice di costumi, trucchi e attrezzeria, aveva mandato a Raccadàli in sovrannumero per sopperire a eventuali perdite o danneggiamenti.

Basandosi su questi presupposti, il Tenente Santoro opina che, prima della sua caduta nella botola e approfittando di un momento nel quale non era in scena, il Patò si sia impadronito dei vestiti di un contadino, scarpe comprese, della parrucca e della barba in sovrannumero e li abbia nascosti all'interno della scala.

Qui è necessaria una precisazione. Da un paio d'anni l'apertura della botola non era più manovrata da un assistente nel sottopalco, ma avveniva ad opera dello stesso Patò che col piede spostava una leva. Ciò perché, in precedenza, imperfette sincronizzazioni dei tempi di apertura della botola da parte dell'assistente avevano ottenuti effetti talvolta comici. Quindi, al momento della scomparsa di Patò, il sottopalco era vuoto. Secondo la cervellotica ricostruzione del Tenente Santoro, il Patò, una volta caduto nel sottopalco, si era svestito del costume indossando i vestiti del contadino e si era truccato con la parrucca (bisogna dire che il Patò era afflitto da calvizie) e la folta barba. Così, del tutto irriconoscibile, aveva potuto confondersi con la folla dei contadini e dei pastori che fungevano da comparse. Erano, secondo la ricostruzione del Tenente Santoro, circa le diciotto e trenta. Di buon passo, il Patò aveva raggiunto la stazione ferroviaria di Raccadàli, che dista una ventina di minuti a piedi dal paese, per prendere il treno Montelusa-Palermo che effettua una fermata a Raccadàli alle ore 19. Il bigliettaio della stazione confermò che un individuo con folta capigliatura e ampia barba, malamente vestito, aveva comprato quel giorno un biglietto di terza classe per Palermo.

Quell'individuo, rimasto sconosciuto, per il Tenente Santoro era indubbiamente Antonio Patò!

Ma quali sarebbero stati i motivi che avrebbero

indotto il Patò all'infernale messa in atto dell'ancor più diabolico disegno?

E qui il Tenente Santoro, romano, e perciò non a conoscenza del profondo sentire dei siciliani, osa una spiegazione francamente offensiva.

Secondo il Tenente, Antonio Patò, nella sua qualità di cassiere della Banca di Credito e Sconto, ogni sabato recavasi a Montelusa a rapporto dal direttore provinciale della Banca, ragionier Ennio Pintacuda. Frequentemente, per il protrarsi delle operazioni contabili, il Patò rimaneva ospite a pranzo e a cena nella casa del direttore. Così, a lungo andare, tra il Patò e la moglie giovanissima del Pintacuda sarebbe nata una tresca adulterina. La giovanissima moglie del Pintacuda, Ersilia Fragalà, di ricchissima famiglia, si sarebbe invaghita del Patò e i due avrebbero, di comune accordo, preparata la fuga dalle rispettive famiglie.

A sostegno della sua tesi, il Tenente Santoro invoca il fatto che il Giovedì Santo del 1919 la signora Ersilia comunicò al marito che, avendo ricevuto una lettera nella quale era scritto che la sorella Erminia era in gravi condizioni, avrebbe preso quella sera stessa il treno per Palermo. Ma la signora Erminia non vide mai arrivare a casa sua la sorella. Ammise, questo sì, di averle scritto di non sentirsi troppo bene, ma di non avere adoperato frasi che avrebbero potuto mettere Ersilia in pensiero.

Ad ogni modo, le tracce di Ersilia Pintacuda si persero per sempre. Le ipotesi dei più concordavano che la giovane signora, la quale usava viaggiare con la borsa stracolma di gioielli preziosi, fosse stata rapinata, assassinata e fatta scomparire mentre, a Palermo, si dirigeva verso la casa della sorella.

La congettura del Tenente Santoro, e cioè che la sparizione della signora Ersilia Pintacuda e di Antonio Patò fosse una macchinazione ordita dai due suscitò sdegno nelle laboriose popolazioni di Raccadàli e Montelusa, bene a conoscenza della dirittura morale del Patò e della ferrea fedeltà della signora Ersilia Pintacuda.

Per l'indignazione suscitata dal suo rapporto, il Tenente Santoro venne poco tempo dopo trasferito a Santolussurgiu (Sardegna).

6

Il cappello e la coppola

Era una notte buia, ma non tempestosa. Nello scuro fitto di quella strada che avrebbe dovuto essere illuminata da un lampione che i picciottazzi avevano pigliato a petrate astutandolo, il cappello di gran marca, tanticchia scantato, camminava di prescia per arrivare dove doveva arrivare. Girato l'angolo, capì che il temuto malo incontro gli stava proprio capitando: davanti a lui, ferma come se lo aspettasse, c'era una coppola. E non una coppola quatrigliè da turista inglisi o verdoligna d'uso catalano; nossignori, questa era una coppola siciliana, di panno nìvuro ed era macari messa storta. Con un grido soffocato, il cappello si tirò un passo narrè.

"Scanto ti fici?" s'informò, a un tempo cortese e ironica, la coppola.

"Beh, sì."

"E pirchì?"

"Beh, si sa cosa rappresenta la coppola, no? E a vederti così all'improvviso davanti a me, nello scuro, in una strada solitaria, ho pensato subito a una mala coppola, una coppola che ha intenzioni tinte... Ci indovinai?"

"Ci indovinasti" rispose la coppola cavando un revorbaro dalla sacchetta. E poi spiò: "Prima levami una curiosità. Su quale testa stai?".

"Sulla testa del più grande banchiere del mondo" rispose il cappello.

La coppola rimise in sacchetta l'arma, si fece di lato, si scoppolò rispettosamente.

"Mi scusi, capo. Non l'avevo riconosciuta" fece inchinandosi.

7
Vicenda d'un lunario

Nel 1927 Francesco Lanza ha trent'anni, vive a Valguarnera, suo paese natale, e si occupa dei suoi poderi. Nino Savarese vive a Enna, si occupa di letteratura ed ha quarantacinque anni. Malgrado la differenza d'età i due sono amici, tra Valguarnera ed Enna ci sono pochi chilometri. Più che amici sono complementari. «In comune la passione per la storia, i miti, le tradizioni della Sicilia, Savarese e Lanza sono tra loro diversi nella visione della vita e negli intendimenti: religioso, speculativo, contemplativo, inteso a una casta mitografia, Nino Savarese; beffardo, irriverente, ironico, libertino, pieno di contrasti, Francesco Lanza. E si badi che usiamo l'espressione libertino e nel senso corrente e nel senso originario di colui che pensa liberamente»: così Leonardo Sciascia.

«Vociano» e «rondista», Savarese ha all'attivo, a quell'epoca, almeno due opere di singolare rilievo

(*L'altipiano*, 1915, e *Ploto, l'uomo sincero*, 1922) e la straordinaria storia di un principe gattesco, *Gatterìa* (1925, poi ristampato da Sellerio). La storia letteraria di Lanza fino al 1927 ha un inizio banale: comincia come poeta nel 1919 seguitando fino al '21. Poesie che raccoglie in volume nel 1926 rifiutandole quasi contestualmente. Nell'estate del 1922 si era però incontrato col pedagogista Giuseppe Lombardo Radice ed era scaturita l'idea di un "almanacco popolare", una sorta di libro di testo per le scuole del Comitato contro l'analfabetismo. Ma appena Giovanni Gentile venne nominato ministro per la Pubblica Istruzione, volle accanto a sé Lombardo Radice che dovette abbandonare l'iniziativa.

«L'Almanacco per il popolo siciliano», redatto dal solo Lanza, apparve nel 1924 a cura dell'Associazione nazionale per gli interessi del Mezzogiorno. Era il generoso tentativo di consolidamento della cultura contadina in vista di farne ragione e forza. Va detto che il possidente benestante Lanza, da sempre socialista, dopo il '21 aveva aderito al comunismo: di quel partito anzi diventerà segretario della sezione locale. Dal 1923 aveva cominciato a pubblicare alcuni dei suoi «mimi siciliani»: Ardengo Soffici l'aveva subito invitato a collaborare al «Corriere Italiano». I «mimi siciliani» (così Soffici volle fossero chiamati, in realtà Lanza li voleva intitolare *Sto-*

rie di Nino Scardino) suscitarono letteralmente l'entusiasmo dei rondisti e dei letterati dell'epoca. Su un tessuto popolare che privilegiava i temi basilari della tradizione, orale e no, contadina, quali la fame, il sesso, la stoltezza, la superstizione, Lanza innestava un ricamo stilistico a un tempo coltissimo e spericolato. Nel febbraio del 1927 Bragaglia gli aveva messo in scena agli Indipendenti un atto unico violento e sensuale, *Corpus Domini*, poi apparso sulla rivista «Il Dramma» col titolo *Giorno di festa*.

* * *

Nel corso del 1927 dunque Savarese e Lanza misero a punto la loro idea di un mensile da intitolare «Lunario siciliano» che, raccogliendo in minima parte l'eredità dell'«Almanacco», fosse soprattutto un periodico letterario particolarmente attento ai valori e agli apporti isolani. Il primo numero uscì nel dicembre dello stesso anno. Formato giornale, quattro pagine, fregi di Fegarotti (e poi anche di Morici), stampato (benissimo) a Enna, costava dieci soldi. Responsabile ne era Lanza, i redattori erano quattro: Giovanni Centorbi (il cui nome sparì già dal secondo numero), lo stesso Lanza, Savarese e Telesio Interlandi. Figura complessa di giornalista fascista, il catanese Interlandi, non ancora fautore del più odioso razzismo, dirigeva a Roma il quotidiano «Il Tevere»: probabilmente Lanza l'invitò in redazione, oltre che come amico anche come garante. Da troppo poco tempo infatti Lanza, «per le provvidenze in favore dei diseredati e degli oppressi aveva liberamente accettato il fascismo» (A. Navarria). Collaboratori fissi sono Aurelio Navarria (con un lungo saggio su *I Malavoglia*), Rodolfo De Mattei, Arcangelo Blandini, Francesco Biondolillo. Nel primo numero oltre alla colonnina dedicata al mese (nel caso specifico dicembre, un autentico gioiello di scrittura, come del resto i "mesi" che seguiranno), Lanza pubblica un diario ariostesco, *Luniella*. L'Ariosto, mi raccontò anni dopo Giuseppe Fontanazza che del «Lunario» era stato collaboratore, era una passione autentica di Lanza; lo leggeva talvolta ai suoi contadini. E ariostesca è una deliziosa commedia mai rappresentata, *Fiordispina*.

Le linee-guida del mensile sono chiarissime, consistono nel tentativo di saldare la letteratura e la cultura (Verga, Capuana, De Roberto, Pitrè, Cocchiara) alla creatività popolare.

Nel terzo numero, del febbraio 1928, c'è un esplosivo articolo di Interlandi, *Considerazioni sui punti cardinali*. Con accesa forza polemica, Interlandi invita gli italiani a rovesciare l'atlante, in modo che le Alpi vengano a costituire la base di un tronco che ha come cielo il mare mediterraneo. «È l'ora di ripudiare la mitologia del Nord che redime il Sud» scrive letteralmente Interlandi e conclude: «Ci si dimostri che la luce del Nord è luce dello spirito». Un decennio dopo lo stesso Interlandi sarebbe scaduto nell'aberrazione antisemita, fondando e dirigendo «La difesa della razza».

La prima serie del «Lunario» si concluse col numero 5 dell'aprile 1928. Un articolo in prima pagina, di Savarese, annunziava che dal numero seguente il «Lunario» si sarebbe stampato a Roma presso la tipografia del «Tevere». Le cose non andarono così: il mensile uscì a un anno esatto di distanza. Era diventato un buon giornale letterario, vi collaboravano Cecchi, Ungaretti, il giovane Vittorini, Mezio, Solmi. Lanza e Savarese vi scrissero note marginali. Questa seconda annata durò fino al novembre 1929. Il «Lunario» tornò a vedere la luce a Messina nell'aprile del 1931 per le cure di Stefano Bottari e Vann'Antò. Savarese non vi collaborò, che sarebbe morto di lì a due anni, vi scrisse solo qualche noticina. Sicuramente si trovava ormai a disagio in una rivista che prescindeva dalla realtà per arroccarsi nello studio delle, come si usava dire allora, tradizioni popolari.

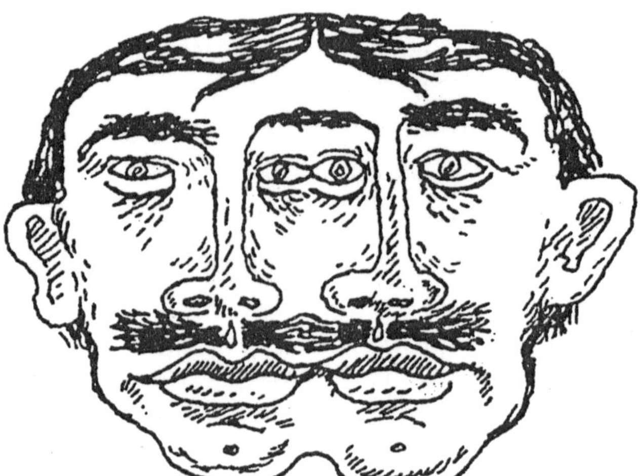

Indice

«Gocce di Sicilia»
di Andrea Camilleri
Piccola Biblioteca Oscar
Arnoldo Mondadori Editore

Questo volume è stato stampato
presso Mondadori Printing S.p.A.
Stabilimento NSM - Cles (TN)
Stampato in Italia. Printed in Italy